Ésta es la mamá de Lucía.

Lucía tiene un regalo paraTom.

Es tarde.

This is Lucy's Mom.

Lucy has a present for Tom.

It's late.

Lucía escribe.

Lucía tiene una tarjeta
de cumpleaños para Tom.

Lucy is writing.

Lucy has a birthday card for
Tom.

Lucía se pone la falda.

Lucía toma los zapatos.

Lucy puts on her skirt.

Lucy takes her shoes.

Ésta es la casa de Tom.

Éstos son los amigos de Tom.

This is Tom's house.

Here are Tom's friends.

Pasan.

They go in.

18

¡Feliz cumpleaños, Tom!

Julia tiene un regalo para Tom.

19

Es un libro.

20

Gracias, Julia.

18

Happy birthday, Tom!

Julie has a present for Tom.

19

It's a book.

20

Thanks, Julie.

21 ¡Feliz cumpleaños, Tom!

Juan tiene un regalo para Tom.

22

Es un coche.

23 Gracias, Juan.

21 Happy birthday, Tom!

John has a present for Tom.

22

It's a car.

23 Thanks, John.

Lucía tiene un regalo para Tom. Es una pelota.

Lucy has a present for Tom. It's a ball.

En el patio.

Juegan con la pelota.

Éste es el papá de Tom.

In the backyard.

They play with the ball.

This is Tom's Dad.

29 ¿Quieres...

30 ...jugo de naranja?

31 Sí, gracias.

Lucía toma un jugo de naranja.

29 Do you want...

30 ...some orange juice?

31 Yes, thanks.

Lucy takes some orange juice.

32 ¿Quieres...

33 ...un sandwich?

34 Sí, gracias.

Lucía toma un sandwich.

32 Do you want...

33 ...a sandwich?

34 Yes, thanks.

Lucy takes a sandwich.

Lucía come el helado.

Lucy eats the ice cream.

Ésta es la mamá de Tom.

Éste es el pastel de cumpleaños de Tom.

This is Tom's Mom.

This is Tom's birthday cake.

El ratón corre muy rápido.

The mouse runs very fast.

El ratón está debajo
de la mesa.

The mouse is under the table.

Los amigos buscan al ratón.

The friends look for the mouse.

Lucía atrapa al ratón.

Lucy catches the mouse.

55

El ratón está triste.

56

¡Fenomenal!

¡Muy bien, Lucía!

55

The mouse is sad.

56

That's great!

Well done, Lucy!

Lucía come el pastel.

Lucy eats the cake.

Palabras clave · Key words

el salón *ehl sahl-on* living room	**el cumpleaños** *ehl koompleh-ahn-yoss* birthday	**hace buen tiempo** *ah-seh boo-en tee-empo* the weather's fine	**mamá** *mam-ah* Mom	**el regalo** *ehl regah-lo* present	**la tarjeta** *lah tahr-heh-tah* card
la falda *lah fal-dah* skirt	**los zapatos** *loss zapah-toss* shoes	**la casa** *lah kah-sah* house	**los amigos** *lohs ah-mee-goss* friends	**todos** *toh-doss* everyone	**¡feliz cumpleaños!** *fel-ees koompleh-an-yoss* happy birthday
el libro *ehl lee-broh* book	**la pelota** *lah peh-loh-tah* ball	**papá** *pap-ah* Dad	**¿quieres?** *kee-air-ess* do you want?	**el jugo de naranja** *ehl hoogoh deh naran-hah* orange juice	**sí** *see* yes
el sandwich *ehl sand-weech* sandwich	**el helado** *ehl el-ah-doh* ice cream	**el pastel** *ehl pas-tel* cake	**las velas** *lass veh-lass* candles	**¡socorro!** *sok-oh-rro* help!	**¿qué es eso?** *keh ess esso* what is it?
el ratón *ehl rat-on* mouse	**¿dónde está?** *dond-eh est-ah* where is?	**debajo de** *deh-bah-o deh* under	**allá** *ah-yah* there	**la mesa** *lah meh-sah* table	**gracias** *grah-see-ahs* thanks, thank you